KB064453

박쥐

b판시선 64

전기철 시집

박쥐

도서출판 b

　내 안에는 내가 너무 부족하여 인형이 내 책을 읽고, 마네킹은 내 옷을 걸치고 '나, 어때?' 한다. 주인 잃은 개조차 힐끗 입맛을 다시는

　알약을 권하는 사회,

　거울 속을 엿보면 거기에는 낯익은 눈빛이 흐흐흐, 비웃음을 흘린다.

　나는 너이기도 하고 그녀이기도, 가끔은 프록시마 b에서 온 그 사람인지도……

| 차 례 |

7

제2부

제1부

마리서사

혼자 저녁을 먹으면서 사전을 뒤적거려
그냥, 심심하잖아
갈피가 끼워진 페이지를 뒤집는데

조조,
면도날이 날카롭게 번뜩여
시속 삼백 킬로로 쩐 눈빛들

작고 부서지기 쉬운 단어들의 비명 소리
조, 조, 혹시

마리서사가 있었어, 달의 뒤편
김수영이 박인환을 찾아갔어, 어두웠어

조, 계단을 밟으면 화장실일까 금연일까
얼룩 토끼가 튀어나왔어(이때 짤을 넣으면 좋은데)

심심하잖아, 사전을 뒤져봐

거기, 손수건인지 토끼 귀인지에서 흘러나오는
망가진 말들이 이십만 평이나 돼

조조, 문법에 끼워 넣을 수 없는 말들이 뱉어내는
헛웃음 소리가 들리지 않아?

우울증에빠진깨구락지가핫팬티를입고아록다록눈바
래기하며저만치자오록시망스럽게걸어오면

조, 조, 참, 거시기하지

블라인드

그때 누군가 문을 두드렸다.

창틈으로 거리의 퀴퀴한 단내가 코끝에 걸렸다. 코르셋을 입은 가로수가 불빛을 피해 몸을 감추었고, 밤의 수술 자국을 꿰매느라 초침이 벽을 건너다녔다.

막다른 골목에서 벗어나려면 길을 잃어버려야 해

다시 문 두드리는 소리가 들렸다.

나방이 빠르게 파닥이며 창을 쳤다. 죽고 죽고 또 죽고 너무 일찍 죽고 늦게 죽고 '그만'이라고 소리쳐도 소용없었다. 쏟아낸 주문 같은 말에서 새빨간 루즈가 묻어났다.

문이 삐거덕거리고 발소리 기침 소리가 병든 적막을 검게 물들이고

먼 데, 장미 넝쿨이 울타리에서 천사의 손짓을 하고 엄마가

달나라에 토끼를 묻고 동물원에서 호랑이가 울어대던

그날을 나뭇잎들이 소곤소곤 우려냈다.

거울 속에서 파란 고양이가 눈을 크게 떴다. 거울을 지우고 또 지우며 봐도 그 녹색 눈 속으로 밤이 한없이 빨려 들어갔다.

그때, 또다시 문 두드리는 소리가 크게 들렸다.

열다섯 살 소년을 꿈꾸는 토마토

소년이 있었어요. 슬픈 눈을 가지고 있었죠. 눈으로는 비틀, 비틀, 강이 흐르고 코는 산맥이고 가슴에서는 나무들이 자라고 다리는 덤불숲이었죠. 한없이 잠만 자는 소년에게서 꿈틀, 꿈틀, 쏟아지는 꿈이 흘러내렸죠.

꼭 다문 입술은 빨갛게, 얼굴 여기저기를 뛰어다니는 노란 눈 파란 눈, 머릿속으로 화학 기호들이 쌓여, 우쿨렐레, 믹서기가 돌아가고

손가락은 인종차별주의자이고 발가락은 머리가 여럿 달린 괴물이었죠. 항암 치료를 받느라 머리가 빠져버린 녀석은 촉수가 많았죠. 냄새에 민감하고 말을 너무 함부로 하고

약을 한 외계인이 머릿속에 구토를 했죠. 심장에서 튀는 완두콩 몇 알, 대가리에서는 아이스크림이 흘러내리고

코끼리를 업고 다니는 개미가 있다. 혼들, 혼들, 지구가 비틀거리는 건 개미 때문일까 코끼리 때문일까.

17

소년의 발가락은 애완동물이었고, 키득거리는 손가락을
따라 머리칼로 욕설이 피어났죠.

저만치 튤립이 피어 있다

봄은 뚝, 뚜둑, 끊어진다.
니글거리고 메스껍고, 그렇지만 황홀하게

까마득히 들리는 문소리, 어슬렁거리는 하얀 가운을 입은
메뚜기와 거미 들이 또 한 번의 생일을 챙긴다.

나프탈렌 냄새에 코를 킁킁거리며 입을 앙다물어도 여섯
개의 귀와 일곱 개의 눈이 뒤죽이 박죽이 엉키면서 얼굴들을
키운다.

나이테처럼 빙글빙글 돌아가는 웃음들, 야－근－머－근
－거－양, 뱃속에서 파란 알약들이 굵은 이빨을 드러내며
데굴데굴 구른다.

입에서 나온 커다란 이파리들이 뭉그적거리는 유령인
양 병실 벽을 떠다닌다.

피 같은 선율이 줄기를 뻗는다, 어디선가 쇠공이 치는

소리가 들리고

　내 안에서 두 개의 달이 떠요, 날아오르는 쉼표들, 병실은 중력을 잃고 우주로 떠오른다.

　하얀 메뚜기 떼의 얼굴들이 흘러내린다, 거미가 옷 속으로 청진기를 집어넣는다, 흐으, 으응, 콧소리가 구부러진다.

　거미줄에 걸린 말들이 비척거린다, 핏줄이 뜨겁게 차오른다, **지금병원놀이하고있는거죵!** 메뚜기들이 블랙홀로 빨려 나가자

　수건에 묻은 바삭한 웃음의 입자들이 포롱포롱 난다.

복화술사
—은하를 여행하는 지적장애인 K에게

등이 휜 한 장의 거울 속, 저만치
("부탁인데…… 양 한 마리만 그려줘!")

눈썹이 툭, 떨어진다. 격추된 비행기인 양 구름 파도에서
피어나는 해바라기는 시들고

식탁 위 입술 한 접시, 손을 접고 글그렁거리는 어둠은
추근대는 포르노
("어른들은 너무 복잡해. 뭐든지 한데 뒤섞어서 뒤죽박죽
으로 만들어버려.")

두꺼운 옷을 입은 새우가 젓가락 끝에서 나무관세음,
오징어는 칼날을 따라 헤엄치고, 지나치게 예의 바른 깍두기
들, 그리고 두리번거리는 수프, 양파는 포르노를 즐기고

내 인생에서 훔치지 않은 것이 하나라도 있는가.
("별, 그 별에는 내 작은 꽃이 있어. 난 꽃에 책임이 있어.")

파닥거리는 어둠이 툭, 툭, 터지는 소리 속

한 장의 스냅사진처럼 먼 데서 비뚜름히 개가 짖는다.

("별은 너무 작은데, 풀들이 아주 크게 자라버려 별을 온통 덮어버리고 있어. 그러면 내 작은 꽃은 숨이 막힐 거야.")

애먼글면 허투루 지껄이는 티브이 속으로

("내 꽃은 너무 작고, 또 아무것도 몰라. 내 꽃은 가시를 갖고 있지만 그 가시로는 이 세상에 어떻게 맞설지 알지 못해." 너는 풀이 죽은 채 말한다. "그 꽃이 없으면 눈 깜박할 새 나의 별은 깜깜해지고 말 거야.")

너는 침을 삼키며 먼 길을 떠날 채비를 한다.

* 괄호 안은 생텍쥐페리의 『어린 왕자』에서 인용함.

르네 마그리트, 혹은 매트릭스

음역이 넓은 봄으로 솟는 원추리

금속성 눈빛의 잔해들

울퉁불퉁, 나비가 난다.

(껌을 잘근잘근 씹어 봐.)

몽유병을 앓는 나무들이 누워 있는 페이지에서는 불면증에 걸린 개가 오줌을 흘리며 다닌다.

납덩이 해가 떴네.

비누냄새가나는연두에서아주아주아주까리한말이쏟아진다.

직설은 봄 밖으로 솟고

너는 안간힘으로 결백하다.

몸에 비늘을 붙이고 아지랑이 속을 헤엄쳐 봐.

철사 구름이 떠가네.

(이쯤에서 껌이 목구멍에 걸린다면)

봄의 경계에서 패연하게 쏟아지는 금속성 나비, 나, 비

우주여행을 위한 감성 가이드
—우울증에 시달리는 M에게

발륨이 더 나은 삶을 약속하지만
머릿속은 파랑에서 분홍, 보라로 빙글빙글 돈다.

자갈 밟는 소리를 내는 입술이
삐걱삐걱 삐뚜름히

채널을 마구 돌려도 보이지 않는 너는 누구인가.

소파 하나 달랑 있는
여기는
나만의 행성, 디아제팜

궤도를 이탈한 오렌지가 쏜살같이 달려온다.

사막 위로 달이 걷는 듯

바짝 마른 침묵 속으로
메뚜기, 외눈박이 두꺼비, 목소리를 잃은 새들

야생 동물들

내 안의 검은 개는 지나치게 짱짱한 눈빛으로
검게 짖는다.
귀가 철컥거리고 눈이 덜컹거린다.

저 혼자 돌아가는 채널을 따라
날개 달린 웃음이 우주로 날아오른다.

하늘을 들이마시며 날개를 펴자.
그리고
커다란 곡선 위에 눕자.

숏컷

엄마의 신경증 약이 비뚤어진 입으로 미소를 짓는다. 놀란 도자기 인형의 눈, 쉰이면서 열다섯인 뺨은 핑크, 퍼플이다.

엄마는 인형의 내연녀였어
소원이 없는 사람이고 날마다 별을 기다리는 사람이지

중심을 잃어야 보이는 것들

경계 너머에서 달려오는 초침 소리는 납덩어리 침묵을 끌고 오고 창백한 백지 위에는 개들의 발자국이 요란하다.

사정없이 닥쳐오는 이름들

엄마는 가끔 약으로 창문을 치료해 알약들이 통, 통, 통, 걸어가 창문을 동그랗게 오리지

너머에는 야생 동물들이 우글거리고

막다른 길에서 동그랗게 구를 줄 아는
알약의 노크 소리에
행방불명이던 고양이 울음이 아침을 흔든다.

거기, 거기에

동그랗던 목소리가 쭈글쭈글하다.

마오쩌둥과 감자튀김

　다시, 과거형이 필요했다. 다시, 무엇보다도 다시, 삐거덕거리는 손가락뼈가 가리킨 곳에 물에 젖어 오돌오돌 떠는 저기, 저, 저, 강둑에서 흘레붙는 개들이 낑낑거리고 총알 튀는 목소리가 헐떡였다. 다시, 또다시, 찰싹대는 파편들이 과거에서 끌려 나왔다.

　현재형으로 바꿀까요.

　개 한 마리가 거울 밖으로 빠졌나요. 웅성거림이 멈추지 않을 때는 막대기로 구석구석 잘 쑤셔야죠. 누군가 머릿속에서 앓고 있나 봐요.

　등 뒤, 그래요, 등 뒤쪽에서
　다시, 또다시

　필름을 자꾸 거꾸로 돌리지 마세요. 옷을 바꿔 입었을 뿐인데요. 왜 이렇게 거짓말이 무성해지는지 모르겠어요.

손가락이 짧은 아버지가 검게 앉아 거울 속에서 다시, 다시…… 방이 창문이 옷걸이가 뒤뚱거렸다. 집으로 돌아가고 싶지만 거울 밖으로 나가는 법을 찾을 수 없어, 뒤집어진 기형의 하루가 녹아내리고 있었다.

오래전에 잃어버린 그림자가 절뚝절뚝 강둑을 걸어가며 다시, 다시

울퉁불퉁해진 거울 속으로 둘이었다가 하나였다가 강둑에서 낑낑대는 개소리로 저무는 여름날이 다시, 또다시

연극 보러 오실래요

인형들뿐이었어요. 모텔 504호. 여행이라 해두죠. 그럼요, 그렇죠. 보험은 들어놨죠. 고흐의 편지 속 밤이라고 하면 좀 웃기겠죠. 무책임한 어둠의 안쪽으로 눈이 술책을 부려 유리창에 고흐의 별들을 띄운다고 해둡시다.

좀 거시기하지만, 센치, 센치, 이때 아니면 언제 해보겠어요. 여행은 다 헛생각들뿐이잖아요. 혼자가 둘이 되기도 하고 둘이 셋 넷이 되기도 하니까요.

티브이에서는 환율을 구속시켜라, 돈쫄내러 갑시다, 주머니를 뒤지는 손가락들이 끽끽거리고, 〈금이빨 삽니다〉가 오버랩되지만, ㅋㅋㅋ 귀찮은 것들은 냅두라고 해요. 정머시기하면 채널 서핑, 헌트, 헌트, 더 헌트, 하는 이정재의 웃음소리가 바삭거리는 곳으로 방을 옮겨도 무방해요. 뜨거워지면 계란 프라이는 저절로 부풀어 오르니까요. 그렇잖아요.

이때, 바로 이때라는 걸 잊어버리면 안 됩니다.

귀가 끌어들이는 자판 두드리는 소리. 옆방에서 어떤 손이 소담한 연애편지를 더듬고 있겠거니 하면 멜랑콜리해져서 더 극적이 되겠지요. 아무렴요 출장 때면 다 그렇죠. 역시 보험이 최고죠. 잠꼬대 그 별난 감상이 여행자들의 취미니까요. 인형들이 그 취미에 끼어들어 사연에 덧칠을 한다고 가정해 봐요. 재밌잖아요. 혼자서 ㅋㅋㅋ, 두 사람 세 사람으로 분장할 수도 있으니까요.

아, 참, 여기서

인형을 잊어버리면 안 돼요. 모텔에서는 항상 인형들의 텃세가 장난이 아니거든요. 다 알잖아요. 그리고 그 인형들은 여행자들을 속여 수많은 장면을 시퀀스로 잇죠. 그 방을 절대로 떠날 수 없게 하려고 말이죠. 바로 커튼을 재껴 봐요. 얼굴들이 쏟아질 겁니다.

어서, 지금 당장!

토끼 도끼

또 하양이야? 누이의 눈은 와인 잔을 닮았다.

약에서 하얀 토끼 지린내가 나. 배꼽에서 사과 벌레를 키워야겠어. 항생제는 성난 아버지야. 집도 무너뜨릴 수 있을 거 같애. 밥 먹다가 젓가락이 툭, 부러진단 말야. 빈방에서 인기척이 똬리를 틀고 가위는 손톱을 키워. 벽에 갇힌 고양이 울음소리가 들리고 김치 통에 양말 절인 냄새가 나. 약에 내비게이션을 달아볼까. 아득하면 좋겠어. 텅 빈 눈을 들여다보고 싶어. 칠성사이다로 눈을 절이고, 눈에 이빨을 달고 더, 더 더 전압을 높이면 어떨까. 난 인격이 없어. 해부대에 올라가 잠을 불러올래.

장식장에 앉은 흰 토끼가 누이 행세를 한다. 잠결에, 어디 갔다 이제, 하면 내 목청에서 죽은 누이 냄새가 올라온다. 자정 너머 티브이에서는 사기 깨지는 하얀 목소리가 씩둑거리고, 창밖에서는 달이 죽은 사람들 혼을 마신다. 토끼 껍질을 벗기면 누가 튀어나올까. 북을 칠 줄 알아야 해. 옴 마니, 타이레놀! 누군가 밑장 빼는 소리가 들린다. 사기 토끼가

고개를 *끄덕끄덕* 누이의 죽음을 재현한다.

 알약이 타원형으로 굴러가면 달의 오목한 데서 일어서는
누이의 눈이 흐리도록 멍하니 나를 바라본다.

리어카

백만 볼트의 밤을 끌고 가면

헝겊으로 짠 달이 허공에서 끌려온다.

그녀가 손가락으로 유리창에 글씨를 쓰며

존 레논을 듣는 밤

그는 곧 올 것이다. 꼭 올 것이다.

상복 입은 밤

그녀의 책 읽는 소리가 멀리 가는 밤

그는 올 것이다.

기어코

오고야 말 것이다.

존 레논의 노래를 부르며 올 것이다.

이렇게

밤을 쇠사슬에 묶어두지 않을 것이다.

꿈이 녹슬게 하지 않을 것이다.

그녀가 책을 읽는 밤

존 레논을 듣는 밤

용의자 X

분명 너였어. 너, 너. 비가 내렸어. 진눈깨빈가. 하이고,
아이고야. 누구나 그림자 몇 개쯤은 갖고 다닌다고 그럴까.
글쎄. 그렇다 쳐도 너였어. 막장에서 서성인 적 있잖아.
온통 빨갰지. 눈도 미소도……. 오 씨발, 새도우 워리어도
빨강 문신을 해. 아, 오줌 마려, 지미, 똥도 삐져나올 것만
같애. 절름발이 내 엄마 부탁해. 그 넓은 치마에 뿌지락하게.
ㅎㅎㅎ. 음성에서 철분이 넘친 놈이 확실해. 나를 쳐다보지
마, 새꺄! 나는 너기도 하지만 아무도 아냐. 그래, 표적은
옮겨 다니지. 차라리 탈북자나 중국인 둥지에서 찾는 게
빠를 거야. 덮어씌우기 좋잖아. 어허, 사람을 뭘로 보고,
쌍! 나 쳐다보지 마, 썩을! 소호의 피시를 뒤지거나 고용한
놈을 찾는 게 빠를 거야. 새도우는 이미 넘쳐 나. 어디서
펌프 게임 소리가 나네. 인스타야. 그곳은 지옥이야, 씹새야!
함 들어가면 정신병자들 손아귀에서 못 빠져나와. 아직도
비가 내리나. 진눈깨빌 거야. 다들 날궂이 하느라고 욕본다,
참! 증거를 만들어서라도 찾고 말 거야. 날 쳐다보지 말라니
까, 씨발! 레리삐, Let it be!

심문審問

대답은 절대 하지 않았어. 할 수 없었어. 별것도 아닌데, 말인즉슨, 즉슨, 죽 쑨 거지. 그제나 저제나, 그때, 그래, 그랬지. 돈이 옆구리를 쿡쿡 쑤시며 불어, 불어, 했을 때 시야視野에서 놓친 것들, 비, 빗방울처럼 고개 쳐든 것들

닥치고 ─ 엔젤, 닥치고 ─ 판타지, 닥치고 ─ 너머로 치워, 치워버린 것들

순간 색이 목말랐어. 빨강, 파랑, 초록, 그리고 윗도리 호주머니에 꽂을 만한 빛깔 한 조각

가슴속에서 달그락거리는 시계가 똑딱거리는 소리, 바다가 뒤집히는 소리가 닥쳐오고 밤하늘에서 떨어진 아주 작은 별이 창가를 두드리는 소리가 들렸어. 그때까지 입을 뼹긋도 하지 않고 있었어. 오금이 저리고 어깨가 무너져 내리고 있어도

물가가 계속 오르면 물가에 가서 발을 씻어야 한다는

생각만 목을 옥죄었어. 물가는 죄가 없잖아. 죄가 없어

제2부

일요일

창문 너머를 내다본다. 일요일은 광활하다. 광장 한가운데서 바스락, 청소부가 일요일을 쓸어낸다.

길 건너편 카페 〈르몽드〉에서 나온 사내가 일요일 속으로 걸어 들어간다. 저 멀리 개 한 마리가 일요일을 물어뜯는다. 사내가 개를 쫓는다. 일요일이 흔들린다.

청색 하늘이 우수수 떨어진다. 광활한 일요일 여기저기 서 있는 가로등이 창백하다. 구름은 살이 쪄가고 나무들은 파랗게 촛불을 돋운다.

저음으로 떨리는 파란 촛불의 현

금세라도 훌쩍일 것만 같은 일요일이 창가에 출렁인다.

시소

추리닝을 입은 운동장이 세상 밖으로 기울어진다. 기억의 땅에서 꽃이 지느라 묵은 말들이 부딪치며 '쉬—'하기도 '포—'하기도, 구부러진 눈길을 따라

직박구리 끼익 끼익

아득한 숨을 내뱉는 쉼표들, 비행기구름에 '간짓대'라는 오래된 말을 이어 붙이고, '까끔'이라는 죽은 말에 몸속 어딘가에 숨은 '둠벙'이라는 말을 이어 붙이면

추리닝이 부풀어 올라

제 영역을 찾지 못한 태양이 축구 골대로 휘어져 들어간다. 반칙, 반칙, 광대의 웃음이 솟구치고, 눈빛이 긋는 곡선 너머, 누군가 부르는 소리

하늘 한 방울, 뚝
흐드러지게 피어나는 면사포

백담, 돌탑
—조오현의 「이승훈 시인의 시」를 베끼다

말 없음을 벗어버리고 나면, 괜찮은 거죠, 한 줄의 수식어가 없어도, 색깔이 보이지 않으면 괜찮은 거죠, '아직은'과 '어쩌면'에서도 괜찮은 거고, '혹시'와 '하지만' 사이에는 가살스러운 시간이 발버둥을 쳐도 괜찮은 거구요.

이승훈의 시에는 비상구가 없거든요.

그림자 없는 사람이 그림자 없는 시를 써도 괜찮은 거고, 마음이 두 근 서 근이다가 반 근이 돼도 괜찮은 거죠.

이승훈의 시는 레인지에 데워야 읽을 수 있어요.

'시는 간통이다'라는 말은 그림자가 없어 좋고, 무게가 없어서 괜찮아요, 갸우듬한 시간 속으로 낮달이 괜찮아, 괜찮아, 떠가요.

귀 홀림

관자놀이를 두드리는 목소리, 까마득히 듣는다.

그 여자 내버려 둬!

달지근한 무새 치마로 이슥토록 질척이고 글그렁거리며
날아들어 잰걸음 치는 가로수들 사이로 잎사귀 주렁주렁
매단 바람의 잔해가 무너진 곳에서

그 고양이는 죄가 없어!

면도날처럼 번뜩이는 한 마디, 품에 안을 수도 낳아버릴
수도 없어 아연해지도록 깊고 얼빠지도록 치근덕거리고
해롱거리는

깎아도 깎아내도 자라 귀에서 출렁이는, 무거운 잠으로
덮어버리기에는 웃자란

밤의 껍질이 툭, 툭, 터지는 소리, 축축한 어둠을 갈아엎는

전혜린, 울리히 벡, 그리고 슈바빙

몸에서 삐긋이, 문 여는 듯한, 어쩌면 철거덕, 쇠 채우는 것 같은, 까무룩히, 졸고 있다가 알지 못하는 길모금에서 노랗게 웃는 고양이가 앙냥거리듯, 날가지가 툭, 부러지듯이

전혜린은 왜 아무 말도 하지 않았을까요.

귀 울음 속 보들레르의 지팡이 내닫는 소리, 뎅벌 소리 같기도, 까마귀 소리 같기도, 핼쑥하고 습한 그림자가 빛 방울 사이에서 단춤을 추는 듯, 푸른 모자를 쓴 나무가 멀찌감치 걸어오는 듯

전혜린은 왜 일요일을, 뮌헨을, 맥주를 생의 한가운데로 불러들였을까요.

구름의 가장자리

　허공에 봄이 걸려 있다. 가로수들을 데리고 길을 따라 걷는다. '우리에게 내일은 없어요. 당신은 변장한 악마잖아요.' 몸에 맞지 않는 음악이 가슴에서 흘러나온다. 감성을 펌프질해 본다. 몇몇 건물들도 들썩인다.

　봄은 그렇게 떠내려가고 어느새 구름은 파란 우산을 쓰고 뛰어내리고, 세상에서 읽을거리를 찾지 못한 늙은 사내의 눈이 중얼중얼…… 얼른 집에 가서 넙치처럼 엎드려 지구를 껴안아야겠다.

　하늘엔 어떤 이야기도 없는 구름이 지나가고 작달막한 사내는 손의 결혼식을 올리느라 여자의 손을 놓지 않는다. 중국인들이 '떵호아!' 점령하듯 돌아다녀 국경은 이미 너덜너덜하다. 반도가 바짝 독이 오른 성기는 아닐까.

　버거킹에서 햄버거를 주문한다. 알바 여자아이가 손을 엉덩이에 쓰윽, 드레싱이 간들어진다. 커피 한 잔에 햄버거를 물어뜯는데, 언젠가 들었음 직한 절간의 종소리가 물컹하다. 아뿔사, 마음이 너무 멀리 가버린 것 같다.

트랜스포머

보위의 노래를 들어봐, 온몸에 녹색 눈을 달고 생선 옷으로 살근거리는 레이디 가가를 들어봐, '더더더 더 이상 나를 읽을 수가 없어.'

난 우주에서 왔어, 마젤란 지나 안드로메다 그 어름, 나는 가끔은 여자이기도 하지만 남자가 되기도 하지, 내 손은 어둠이야, 창문으로 툭, 가슴에서 맨발을 내밀기도 하지.

고양이는 나를 의심하지.
나는 너일 때도 있지만 그녀라고 불리기도 해.

입속에서 텅 빈 말이 고개를 내밀 듯 꽉 찬 말들이 어깨 위로 흘러내리듯 이파리가 딴지를 걸어도 꽃은 계절 밖에서 피기 마련이야.

그녀는 누리끼리 병든 책에는 없어, 얼근히 취한 눈으로 위를 올려다보면 시쿵시쿵 가슴은 하늘 저편 안드로메다 쪽으로 향해 있지.

낯선 바람이 눈빛을 잘라내고, 무반주 울음이 입술에서 시들고 있어.

줄무늬 소시지의 심장은 골판지 박스처럼 소리를 내고

나는 지구에서 살고 싶지만, 안드로메다를 그리워하는 너였다가 그녀가 되는 다리가 셋인 개인지도 몰라.

정오의 아포리아

비가 건너는 정오, 작은 길들이 아우성치며 저마다의
시간을 목에 걸고 걸어가는

색색의 표정들

태양이 다녀간 적 없는, 한낮에, 주렁주렁, 까맣고 하얀
눈동자들; 빨간 망울, 노란 망울, 초록 망울 들

주먹보다 큰 빗방울들

젖은 네온사인으로 쏟아지는 눈망울들, 관계자 외 출입
금지 구역 너머, 질주하는 큰길 너머, 환한 스타벅스에서
뛰노는

낯선 시간들

관촌에서 박상륭의 소설 속을 헤매다 이문구를 만나다

관촌에서 모든 언어는 젖는다.

깔밋잖은
뒤통수만 봐도 사번스러이
씨불대는 말은

뒷간에서 눈 시린 낙서를 하고 나온 듯
갈강갈강 칙살스러이
달라붙는 말은

껄쩍지근하고 잔망스러워
얄쌍한 눈으로
달의 뒷면에서 기웃거리는 듯

깨잇것 이냥 냅둬 번져

저뭇한 시각에
헐 수 할 수 없는 위인이

종작없이 불퉁거리고 들썽이다가
씩둑거리기도 엉너리치기도 하여

대원군의 묵란도를 보는 듯
모도록
맴이 또아리를 튼다.

보령 바닷가
해설핀 저물녘이 끕끕하다.

휘핑, 모들뜬 눈이 어지러버 죽갔구만

간밤 사나운 꿈자리에서 뛰쳐나오지 못한
감창소린지
얄망궂은 말밥에
가슴의 현이 느즈러지고

술도갓집이라도 지나온 듯 눈까지 희읍스름하다.

웃저고리를 벗어부친
부지깽이의 말투는

지팽이를 짚은 듯
차마
초들기도 힘들다.

짙은

오늘은 엄마 가방을 뒤졌어. 시끄러운 잡동사니들이 헛구역질을 해. 맥주잔이 부딪치고 터져버린 단어들이 굴러다녀. 엄마는 교통 체증이야.

나는 냄새가 없어. 호텔 로비 같지. 어제는 감자칩을 좋아하는 소년이 나한테 비역질을 했어. 하지만 나만 보면 얼굴을 파삭거리는 녀석은 내 거짓말을 잘 들어줘.

왜 새들이 노래를 한다고 생각해. 나는 겁쟁이가 되고 싶지 않아. 누가 내 날개를 감춰버린 거야. 난 바다 위를 날 거야. 세상에 구멍을 낼 거야.

나는 질문들로 꽉 차 있어.

녀석이 창문으로 뛰어내렸어. 엄마가 없어서 아무것도 훔칠 게 없었거든. 세상은 담배꽁초 맛이 나는 맥주 같애. 녀석이 떠나는 길에서 강아지와 울기 게임을 했어.

하늘이 낮게 나네. 파리떼, 짓무른 눈동자들.

강에서 물고기 비린내가 올라오나 봐. 나는 버려진 문장처럼 책에 갇혀 있지 않을 거야. 책은 뼈만 앙상한 늙은이야.

폰으로 돈을 버는 엄마, 나의 메텔, 엄마는 공기가 부족한 행성이야. 엄마, 나를 밟고 날아 봐.

근엄한 것들은 모두 꺼지라고 해.

나는 오늘 비처럼 쏟아지는 키스를 기다리고 있어.

꼬깔콘을 손가락에 끼고

돈 빌려줄 수 있어?

아빠, 오늘 밀수 담배 좀 팔았어. 나는 초록 미리를 하고 클럽에 갈 거야. 클랙슨이 빽빽거리네. 덜떨어진 아빠 애인이 왔나 봐. 그년에게 제발 자동차 바꾸라고 해.

어젯밤에는 고속도로 한중간에 서 있는데 150킬로로 쌩쌩 달리는 차들이 나를 비켜 갔어. 죽음의 천사들은 맹인이야. 하지만 꿈은 기계들의 피투성이였어.

커트 코베인의 유서를 대필했다고 떠들고 다니는 사람을 만났어. 그 사람은 자기 고양이를 죽인 거야. 펭귄이 변기에 서서 오줌을 누었나 봐. 어제 쓴 일기에서 지린내가 나.

유치원은 술집으로 바뀌었고, 추문들이 동물 애호가의 입에서 흘러내려. 길에서 죽은 창녀를 개가 뜯어먹고 있어.

머리가 둘 달린 엄마는 도박장에 갔고, 동생은 홍대 앞

지하 클럽에 갔어.

나는 지금 고스트록에 물들어 있어.

아빠, 자살하지 마. 너무 웃기니까.

맥도날드, T-25, 그리고 세레스

풍향계가 어물더물 방향을 잃어버린 여기는 어느 행성인
가, 단 하나 있는 맥카페, 머그컵의 목소리는 오답을 즐기며
와글와글, 밍밍하기도 더부룩하기두, 모자를 쓰지 않은 전구
들이 희읍스름히 고글한다, 비밀로 얼룩진 금붕어 몇 마리
떠다니는 물의 나이테에는 폭풍이 있다

거울에 자주 들르는 털실로 짠 소년이 시속 5미터로 넘어
진다, 색깔이 모자란 웃음이 짖어댄다, 머리카락에서 애너그
램이 들끓는다, 궁둥이로 스니커즈하다가 스니커즈로 궁둥
이 한다, 불협화음의 심장 박동 소리가 손가락 끝에서 부풀어
올라

리튬을 먹어야겠어요, 색깔이 많은 약을 주던지요, 쉼표
를 잃어버린 컴퓨터가 내 꿈을 꾸거든요, 과자 유령이 바스락
거리기도 해요, 날개가 많은 웃음들이 불쑥불쑥 귀에서
흘러내려요, 나는 어느 별의 왕인가요

뿌리 깊은 밤이다, 하루가 아홉 시간밖에 안 되는 별에서,

작은 음표들이 숨죽이며 야리야리한 풍선으로 떠다닌다,
구름의 계곡을 수놓는 녹색 눈들, 다라니 다라니 보리한다

　낯익은 공기 인형들이 저만치 걸어가며 손을 흔든다,
손가락에서 빗방울들이 후두둑 듣고, 한 무리의 가족이
듣는다

명동에서 밥이 포켓몬 고하다

일수 전단이 널린 은행길로 오토바이가 지나간다 지구가 갈라진다△펑크의 손가락은 길다 건너편에서 헤드락 고갯짓으로 아모레&네이처에서 밥이 다리를 들썩이며 비욘드 한다▽속으로 '아, 씨발'하면서 입으로는 펑크펑크▲예수가 666 문장을 짊어지고 사람들을 심판하러 가다가 항문 좌약을 집어넣은 남자&이쁜이 수술을 한 여자 사이에서 오도 가도 못한다△'띵호아'와 '하라쇼'에 노점이 덜컹인다 ▽리복&나이키 건너 스타벅스의 녹색 소녀가 맥 앞에서 얼쩡인다▼케이에프시 할아버지가 두리번, 성당 쪽으로 재재바르게 흘러가는 길이 흔들린다

* 여기에서 밥은 밥 딜런을 연상하고 썼다.

백마

에밀리 브론테가 죽은 12월이다.

멜겁시, 한 번 삐딱선을 타면, 공기가 쨍그랑거리고, 머릿속은 철커덕, 새된 소리로 하얘지다가 끝탕의 낙처落處를 찾지 못하는 신음 소리가 하얗게, 떠돌다 현실의 모퉁이에서 파닥거리는 얼굴들, 어둠은 희한하게 늙어가고, 아무리 큰 소리로 생각해도 회색을 닮은

백마는 말이 아니라고 했던가.

꿈을 관람하는 듯 갸웃이, 혹은 삐뚜름히, 고개를 내미는 하얀 말들, 히잉인지, 으르렁인지, 덜컹인지, 삐딱하게 열려 있는 창문 너머 자전거포를 지나, 문구점을 거쳐 빵집을 밟아온 듯, 색채를 잃은 꿈속, 흰 고무신을 물고 온 개가 짖는가, 이름 붙일 수 없는 하얀 것들이, 파ー 하기도, 코ー 하기도, 뒤척이는 것들에서는 잠 냄새가 난다.

양치질을 아무리 해도 시원치가 않다.

강가에 매인 배는 끄르륵거리고

  개 같은 날들을 끝낸 무지개를 바라보는데 ─ 찢어지는 소리, 나무들이 떠나고 있는 건가 ─ 벌나무, 백당나무, 금어초, 당단풍, 굴피가 헐떡이며 내는 남세스러운 부사어들, 막, 쉬, 하다가 느닷없이, 웅, 우 ─ 웅, 그렇게, 웅숭깊이, 배에서 가슴에서 목에서 우는 ─ 머릿속을 울리는 강이 보스락거려 ─ 아닌 척 모르는 척 ─ 도저한 눈빛으로 떠 있는 무지개, 저 꿈쩍 않는 무언의 소리들 ─ 새들은 숨고 돌들은 모두 바다로 가고, 누군가 힘겹게 아이를 낳고 있는 거야 ─ 인생이 꼬이면 점만 늘어나, 냉장고를 울려봐, 파리가 윙윙거리네, 누가 내 욕을 하나 봐 ─ 창밖에서 토하는 저 소리, 유리 맛이 나는 액체를 마시는 ─ 변기통에서는 유골이 헛소리를 뱉어내고, 아 아 저기야 저기 어둠 속을 헤집는 에 ─ 어 ─ 쏴 ─ 어 ─ 에 ─ 쏴 ─ 쏴, 기괴하게 일그러진 목소리가 저음으로 풍경을 훑고 간다 ─ 너무 일찍 죽은 사내의 목은 길다, 돌 ─ 돌 ─ 돌 ─ 굽 ─ 굽 ─ 아 ─ 우 ─ 쏴 ─ 윙, 무람없는 소리들이 색깔을 찾는다 ─ 끈적끈적한 모퉁이에 뿌리내린 나무들, 강을 따라 산을 오른다

파리가 피아노를 바느질하는 창에서 커튼이 헐떡인다.
오늘은 어제의 바깥이다.

제3부

물고기자리
―보르헤스를 위하여

화성 너머로 날아오르는
달의 목소리
파랑은 보라로 기울어져
눈그네를 타고

목성의 바퀴를 밟고 선 시간의 날개처럼
충충한 눈빛처럼
미로 속 비상을 꿈꾸는 호르헤처럼

들숨과 날숨 사이로 나비는 날아

지구 쪽을 바라보기만 해도
숨죽인 눈빛 챙그랑거리고

둥근 청록색 지붕 위로
오래된 어스름을 쏟아내는
하늘물고기

아스라이, 손 흔드는 한 사람

금속성 구름이 장난을 치는
해 질 녘
너를 닮은 네 눈을 닮은

엄마, 안드로이드

나방이 달을 가로지른다.
초침 잃은 시계가 울어대고
유령거미 한 마리 삐그덕, 환풍기를 돌린다.

눈을 조이세요, 목소리를 체포할까요.

'읍'하는 소리와 '습'하는 소리 사이로 하이에나가 지나간
다.

오늘 저녁 티브이 프로는 뭐죠.

스카니아 트럭이 으르렁거리는
망설임 속으로
혀에 걸려 넘어진 늙은 말言語들이 메슥거린다.

구름이 켜지면
'으슥'일까요 '이슥'일까요.

한 달 후 일 년 후
당신의 하루는 이십사 시간을 지나간다.

눈물을 잃어버린 빗방울이 어깨를 누드려
세상은 깊이깊이 옹이 진다.

미친 종이비행기가 날고
바퀴벌레는 스파를 하고 나오면서 '음' 사뿐히 걷는다.

못1: 땃쥐가 포스트잇을 갉아 먹어요.

스타카토, 이름 없는 발자국이 부르르 떨며
옷에다 몸을 붓는다.

못2: 당신의 주파수는 몇 시인가요.

침대에 익사하여
한없이 낮은 목소리로 아빠를 부화하는

엄마, 나의 가축!

눈부처

양초로 만든 소녀가 있어요. 밤이면 의족을 끌고 내 눈 속을 걷는 소녀는 삐걱거리는 책꽂이에 앉아 내 책을 거꾸로 읽어요. 놀란 잠이 구불구불 흘러내려요. 내가 잊어버린 이름들이 서로 부딪히며 웅웅거려요.

방으로 덩굴손이 자라기도 눈이 내리기도 냄비에 쪄낸 얼굴이 퉁퉁 붓기도 하죠. 먼 세상에서 죽은 비명이 찾아들며 조가 어긋난 쇼팽이 되기도 해요. 침묵하는 자물쇠에서는 꽃이 피죠.

홀로 옷을 벗는 너의 가슴은 얼마나 먹먹하겠는가.

꿈이 손가락 끝으로 빠져나가면 눈 속에 살던 미치광이 난쟁이가 깨어나요. 가늘고 팽팽한 철사가 떨고 있어요. 어디선가 날아든 유리 조각일지도 몰라요. 소리 없는 말들이 잠을 감싸요. 모자 없는 나라에서 주인 잃은 그림자들과 함께 떠돌이 돌멩이들로 둘만의 집을 짓고 싶어 하는 여드름이 툭, 툭, 불거진 소녀야!

돌부처가 다녀간 자리에다 갈 곳 잃은 구름으로 달을 그려 바람에 묻힌 집을 발굴하려 해요. 꿈들이 뒤섞여 마침표를 찾지 못해 나의 죽음은 한없이 미뤄질 거예요. 어디선가 구름나무가 눈물을 흘리고 있을 거예요.

눈 속의 작은 꽃다발아!

설핏

귀가 열린다, 얼굴이 많은 찻잔의 목소리, 아슥하고 아즐하도록, 유령처럼 창문에 달라붙는 트럼펫, 꼿꼿이 서 있기도 하고 누워 있다가 기침을 하며 허리를 굽히는 너의 이름들, 공기가 삐걱거린다.

푸코는 우연한 만남을 즐기기 위해 한밤중 술집을 떠돌아다녔다지, 모네는 사랑하는 여인의 얼굴을 찾기 위해 20년이나 백합을 그렸다지, 당신의 연애를 베끼고 싶다.

오후는 잡초가 자라는 소리로 무성하다, 하는 일마다 찌무룩하고 어정뜨다, 어느 집 할머니가 파스를 붙였다 떼었다 하나 보다.

너의 이름을 입속에 넣고 잘근잘근 씹는다, 신맛이 나기도 하고 가랑이 벌린 골목 맛이 나기도 한다, 지끈지끈 주름으로 흘러내리다가 겨울 햇빛으로 단조롭게 튀어 오른다.

바지 주머니에서 라이터가 칙칙거린다, 빌어먹을! 익은

목소리가 행성들 사이를 떠다닌다, 할리데이비슨에 주렁주
렁 매달고 가는 인디언 전사 마이클 잭슨이 노래를 부른다,
'나는 구름 사이로 날고 있어요.'

너는 선글라스로 거리의 음악을 흡입한다.

무정부주의자 소녀

엄마, 사장님이 알전구처럼 웃으면서 내 치마 속에 손을 넣어요, 오만 원어치만 만질게, 그의 위로는 까맣지.

늑대 울음 같은 밤이 흘러가네.

프랑크 소시지가 골목에서 얼쩡거려요, 나에게서 여자를 발굴하려 해요, 너에게 친구 같은 아이를 만들어줄게, 부처처럼 섹시하게 웃지.

발기한 오이 같은 건 싫어, 나는 무정부주의자야.

우편함에 나만의 쥐를 키우고 방탄소년을 데리고 치즈 맛이 나는 달을 따고 싶어.

나는 방탄, 방탄 베토벤

먼 데서 어둠을 무서워하는 개가 짖네.

여백

바나나가 식탁에서 뒤척인다, 비를 맞고 있는 텔레비전에서 여자 아나운서가 늙어가는 걸 보며, 뻘쭘히, 이를테면 살그머니, 멘트 속으로 끼어들지 못하는 주름살이 화면 밖으로 흘러내린다.

나이를 먹는 게 내 직업이에요.

냉장고가 사랑받고 싶어 징징거린다, 슬그머니, 여백 같은 말 속으로 어느 날의 시를 쓴다, 레옹의 식물처럼 항상 행복해하고 질문도 하지 않는 말들은 뿌리가 없어 좋다.

다른 속도로 가고 싶어요.

어스름이 차오르는 곳곳으로, 기억의 경계선을 넘나드는 가로등 불빛이, 으흐흐, 창살을 들락거린다, 호퍼의 그림이 있는 달력이 내도록 숫자를 세고

날아라, 아빠

거울 속으로 숨어요, 아빠. 사람들이 쫓아오고 있어요. 물고기처럼 머리를 끄덕거리면 안 돼요. 아득하고 무거운 시선을 구부려요.

엄마, 아빠를 쓰레기통에서 주었어요. 에드 헤리스처럼 베토벤 흉내를 잘 내요. 입도 직선으로 담백해요.

아빠의 시계에 밥을 주는 걸 깜박했네.

넌 나이를 더 먹어야 해. 엄마, 나는 아빠가 아니에요. 난 채식주의자예요. 엄마의 골짜기에서 왔어요. 나무들이 땅의 경계를 넘나들고 길 잃은 안개가 넝쿨진 굴러다니는 곳이죠.

공기가 깨어나지 않게 해야 해요. 인형이 알람 시계를 놀라게 해서도 안 돼요. 아빠는 나뭇잎으로 만든 옷을 입고 우표를 주렁주렁 달고 있거든요. 헐떡거리는 말들이 구릿빛을 띠고 있죠.

하늘에는 하얀 코끼리가 떠다녀요. 금세라도 새끼를 낳을 것 같아요.

아빠, 내 밖으로 넘어지면 안 돼요. 모든 나사들이 비명을 지를 거예요. 그림자들이 다가와요. 아빠, 어서 나이를 먹어요.

엄마, 아빠를 내 몸에 심지 말아요. 새처럼 녹아버릴지 몰라요. 난 포르투갈에서 온 주제이고 싶단 말예요.

날아라, 아빠!

동의어이면서 반의어인 말들의 해부학 사전

부탁이야, 나~ 보내줘. 더 이상 나사를 조일 수가 없어. 약쟁이로 살아남고 싶지 않아. 목구멍 저 깊은 데서부터 올라오는 쇳소리 들리지 않아? 몽키로 조이고 스패너로 붙들고 있는 것도 다 쓸데없어. 한 번만 수고해 주면 돼. 제발, 부탁이야. 날 보내줘. 아파트 옥상도 좋고 야구 방망이는 어때. 눈 뜨면 조이는데 너튼지 볼튼지 헛돌아. 새벽녘에 인형이 절뚝이며 골목으로 숨는 거 본 적 있어? 계단에서 굴러 목이 돌아간 마네킹은? 해변에 버려진 신발 한 짝은 어때? 관절 마디마다 질문들만 엉겨 붙어 있어. 처리해줄 거지? 부탁이야, 제발. 눈 질끈 감으면 끝나. 혀를 바꿔 끼웠더니 헛소리가 입 안 가득해. 도서관에서 책이나 죽이는 놈처럼 답이 없어. 누구 머리인지 뒤죽박죽인 기억은 해(解)가 없는 방정식이야. 스포 없이는 아무것도 못 해. 부탁이야, 제발이지. 엘리자베스를 타고 올라가 있을까? 누군가가 내 귀를 압색하고 있어. 아, 아, 나를 보내버려줘. 생후 6개월짜리 알바라도 괜찮아. 확실히 보내주기만 하면 돼. 런, 런, 칼맛 나는 말들이 귀를 갉네.

어두운 상점들의 거리

　매달릴 정부도 직장도 그리고 가정도 없어 잃어버린 과거를 찾아 쏘다니다가 어두운 상점들의 거리에서 늙어가는 신문을 읽는다 수북이 쌓인 시간을 읽는다 주인을 잃은 셔터가 앓는 소리를 낸다 이름을 자주 바꿔 단 간판은 뇌성마비에 걸린 듯 헛소리를 멈추지 않고 병든 얼굴들이 미로에 갇혀 우왕좌왕 떠도는 골목 섬뜩한 도시의 풍경이 위태롭다 무섭다 직장도 무섭고 가정도 무섭고 친구도 무섭다 어리석음을 어깨에 메고 모자를 눌러쓴 채 기침으로 신문지에 구멍을 내기도 하고 허공에 긴 웃음을 발사하기도 한다 나의 오래된 도시가 멀뚱히 나를 바라본다

우주 몽상

나는 덜거덕거리는 떠돌이 봇, 반드시 나의 별로 귀환할
것이다.

더 이상 도망갈 곳은 없다. 아무리 밤에 밤을 곱해도
숨을 곳은 없다. 몸에서 쇳소리가 요란하다.

금세라도 폭발할 듯 나사들이 시끄러운 소리를 낼수록
피가 쐐쐐쐐 몸을 휘감는다.

날카로워져 가는 밤
누군가 빨리 감기 버튼을 누른 건가.

삐그덕, 덜컹. 쉼표와 마침표가 튄다.
불청객의 단어들, 소화할 수 없는 프로그램들

이곳은 오렌지인가 멜론인가.

병든 새들이 앓는 소리를 낸다. 허공을 떠도는 파란

물고기들이 나무南無, 나무, 제 몸을 두드린다.

　알싸한 어둠 속, 멀리 원시의 새가 나는 들큼한 풍경 속, 거울에 두고 온 얼굴이 궁금하다. 언제까지 미로를 헤매야 하나.

　치약 냄새를 맡고 싶다.

　새들이 비탈진다.
　나의 별은 몇 광년 밖인가.
　하이퍼 혈액이 시부렁거리는 소리를 들으며
　경계 밖으로 날아가야겠다.

쏙독새

쏙독, 핀다.
숲의 입술들, 지미 핸드릭스의 작은 날갯짓, 잠들지 못한
편지의 방언들

너는 티브이와 사랑에 빠졌다. 티브이 이름은 민희다.
민희는 너 몰래 이웃집 영화감독과 할근거렸다.

너는 '빌어먹을'이란 단어로 교회를 세우고
'젠장'으로 촛불을 켠다.

커피는 습관이고 강물은 신음 소리다.

새가 되고픈 물고기가 있다.
희뜩, 환유로
검은 망토를 입은 시곗바늘이 꺽꺽 운다.

그날은 수요일이었고
한 외판원이 길 건너 여인숙에서 죽었다.

한 주의 중간에 갇힌
너의 얼굴이 진다.

쏙쏙, 촉촉촉, 핀다.

박쥐

한밤의 헤비메탈, 너는 없어 여기 없어 씨바, 나선형 계단에
서 담배를 피우는 한 남자, 밤하늘로 별들이 날고 누구나
중력을 느끼는 것은 아닙니다 십억 비트의 오르가슴이
티슈 한 장으로 포물선을 그린다 무중력을 견디는 머리가
짧은 여자, 느린 박자에서 지지직, 우주의 목소리가 대번에
속도를 높인다 테크니컬 헤비 헤비, 날개를 부러뜨릴
듯 씨바 씨바스, 어둠 속으로 날카로운 비트가 출렁인다

제4부

마스크

나는 P이고 싶은 적이 있다. S이고 싶기도

그럴 때마다 혀 밑에 숨긴 말들이 망그러져 이빨이 부스럭
거리고

잠이 점점 얇아져 부숭한 꿈은 껌 씹는 소리로 오글오글
비릿하다.

절름발이 의자에게 너그러워져야겠다.

단추가 툭, 떨어진다.

아버지라는 말은 언제나 간당간당, 벙벙하다.

부사어로 된 밀어를 뱉어내는 붕어를 키운 적이 있죠.
불 꺼진 가로등 밑에서 부서진 바이올린이 밤새 울었어요
개들은 도서관을 기웃거렸고 먼지만 둘러쓴 책들은 목소리
를 잃어버렸죠.

우리 집 고양이는 아직도 거울 앞에서 중심을 잃고

어느 허무주의자의 죽음

　몽롱한 상점들이 죽음을 진열해 놓는다. 한 허무주의자가 죽음을 만진다.

　도시는 인격이 없다. 인격이 없는 도시에서 허무주의자는 새하얀 손수건의 고독을 펼친다. 거기에 죽은 새처럼 오롯이 누워본다.

　스물둘에 예언자가 되고 싶어 한 허무주의자는 '며칠 후 요단강 건너서 만나리'를 이명으로 끌어낸다. 몽롱한 상점들 너머에 있는 요단강. 죽음이 허무주의자를 만진다. 허무주의자는 다중채무자다.

　몽롱한 상점들의 거리
　허무주의자는 하얀 손수건 위에서 자유롭다.

　도시는 자살은 권한다.

저지대

사과 인형이 헐떡헐떡 이파리를 흔들었다. 악플들이 올라
왔다.

안읽씹?
걸수도아아쳐묵쳐묵속찰ㅆㅂ
ㅇㄱㄹㅇ어그로?

커서가 빨리 답을 쓰라고 재촉했지만 기다렸다. 빨리
노출할 수 없었다. 이 중에 트리거가 있을 테니까.
누군가 벽에 농구공을 튕긴다.

옆집 누나는 미국 간다고 베란다에서 뛰어내렸다.

분좋카는뭔줄알어???얼죽아ㅋㅋㅋ
ㄱㄴ얼죽난고화지누나니까
헐!포켓몬빵쳐묵쳐묵

저 말들 속에서 트리거를 찾아야 해. 듣보잡만 걸러내면

돼. 베란다 밖 미국은 낭떠러지일까 뱀 밭일까.
　낚시질을 해볼까.

　선을 넘어본 사람 있어?
　붕세권아재?
　사과를 먹는 붕어빵이 있거든
　멍미?헐애빼시찾는엄?빠?
　알잘깔센?욕세권에서혼코노조커찾아다니는애

　누나는 알약을 새알처럼 셌다. 한 마리 두 마리……

　머나먼
　머릿속으로도 보이지 않는
　저 너머
　욕세권으로 가는 길
　비가 내린다. 조커의 웃음소리 속으로 빗소리를 들으며
버스를 탄다.

담배구름

일기장에 '지난여름'이라고 써놓고 우두커니 앉아 내려다보니, '지난'이라는 말이 '여름'에 너무 붙어 있는 것 같아 그 사이에 테이블을 갖다 놓고 커피잔을 놓는다.

낯선 얼굴 몇이서, 일테면 위안화 동전 같은 호들갑스런 장면이 수런수런, 자지러지는 웃음소리 몇 그램에 부스럼이는 듯 거드럭거리는 딸깍, '그해 여름'이라고 고쳐 써놓고 메아리에 귀 기울인다.

그 여름이 똬리를 틀고
가슴에 앉아 있지만 않았어도
휑뎅그렁한 표정으로 한없이 기울어지지만 않았어도

마술에 걸린 그 여름의 날개가 기우뚱, 어스름 속에서 소주를 홀짝이는 알약 같은 얼굴이 쏟아진다, 두드럭두드럭 비의 목소리, 부루퉁하면서도 귀를 홀리는, 물구나무선 말에서 하얀 거품이 인다, 커피잔으로 온 바다가 밀려든다.

지난을 잊어버리고 그 여름도 잊어버리고
해 질 녘 붉게 물든 창가

제라늄 화분으로 몰려오는 발자국 소리
먼 바다에서 까마득히, 가만가만, 나지막하게

'난생처음'이라 쓰면서 흠칫, 지난여름을 떠올리다가
블랙커피를 쏟는다.

멀찌감치, 비, 웃음이 흐른다.

로봇 A

알바, 은하를 여행하는 너에게는 수많은 하늘이 있지. 너의 세 번째 하늘에서는 수요일과 목요일 사이에 월요일이 오기도 하고, 18일 뒤에 6일이 오기도 하지. 구름과 바람으로 작곡한 음악이 꽃다발처럼 터지고, 온몸에서 귀가 돌아 기우뚱, 하루가 기울어지지.

알바, 너는 언어의 시체실. 너에게서 말들은 실종되고 굴러떨어지지. 가끔 책이 너를 찾아오기도 하지만, 너는 말을 먹어 치우고 머리카락이나 손으로 설사를 해버리지.

울근불근 떠도는 하얀 돌멩이들.

알바, 너는 내일에 도달하지 않기 위해 천천히 걷지. 그럴 때면 머리가 다리를 비웃고 심장이 코를 속이지. 모두들 별을 그리워할 때 천식을 앓는 가로등은 파충류 눈빛으로 반짝이지. 시시티브이가 몽환의 드라마를 찍으면, 너는 네 자신의 시선들과 시비가 붙지.

알바, 너는 티브이 속으로 숨어버린 친구. 네 안에는 수많은 사람이 있어, 어느 날의 이름을 잊어버리고 스스로 실종되지. 너에게서는 흉터 진 곳마다 오래된 드라마가 녹화되고, 결코 존재하지 않는 브라운관에서 결코 태어난 적 없는 토끼가 꿈틀거리지. 광장에 세 번째 해가 뭉그적거릴 때 중력의 경계에서 빼밋이 거짓말하듯 몸을 일으키지.

알바, 뱀을 밟은 목소리로 너는 외치지. 옵티머스! 두꺼운 하늘의 껍질이 터지면서 하얗게 불타오르는 우주로 길이 열리는 순간, 너는 지구를 안고 뛰어오르지.

알바, 너는 십억 광년의 구멍 속 애벌레, 혹은 우주의 고독한 산책자

전륜 轉輪

관악산을 넘은 모래구름이 광화문에서 죽어가며 멘소래 담한다. 동글동글 화끈거리도록 멘소래담한다.

너는 말끝마다 죽기가 너무 힘들다며 멘소래담한다. 맨들 맨들 동그랗게

한 시대가 미끄러지면서 멘소래담한다. 전깃불 아래서 그림자 지도록 멘소래담하다가 까무룩 졸기도 하고 머릿속 스위치가 꺼질 때도 멘소래담한다.

시온 사람들이 바빌론 강가에 앉아 고향을 그리워하며 멘소래담하듯이, 엘리엇이 쥐들이 다니는 길을 걸으면서 멘소래담하듯이

충혈된 태양의 음표들이 바르르 떨 때도, 날건달 바람이 회색 낭떠러지에 웅숭그리고 앉았어도

중력을 이겨내고 싶은 것들은 모두 구름에 매달려 멘소래

담한다.

　사람들의 얼굴이 찌긋째긋 찌붓이 멘소래담한다. 빈정거
리는 냄새 속에서도 회까닥, 어질더분함 속에서도 홍성지고
해사하게

　강을 건너는 시간의 발자국 소리가 들린다.
　나에게서, 혹은 너에게서
　한없이 미끄러지는

도도

    변신 로봇이 되고 싶어 나의 별자리를 찾아다녔어. 난 내 자신인 적이 한 번도 없거든. 해시태그가 머릿속에서 질퍽거려 코에서 종이 맛이 나. 그뿐이야. 도도가 입에서 익사했나 봐. 도도도, 너덜거리는 밤에서 뱀눈이 꿈틀거려. 호흡이 얕아지나. 자두*처럼 바람을 밟고 거북이를 세상 위로 날려 보내야 할까. 그뿐이야. 말이란 흘려듣고 비켜 듣고 쪼개 들어야 해. 도도가 무무한 장난을 쳐. 늘지근한 날에 시근벌떡거려. 도도, 도도도, 나는 분장사가 되고 싶었어. 그뿐이야. 말에서 침이 묻어 나와 말들이 낯선 행성에 부딪히나 봐. 단어들이 나를 스쳐지나가. 만주 말 같기도, 해녀들의 숨비소리인지도, 베두인의 말소리일까. 도도도, 가슴에는 얇은 책 한 권이 있어. 기차 시간표야. 그뿐이야. 거울 속에서 낯선 이가 면도를 하고 있어. 난 문제아인가 봐. 알아들을 수 없는 말들이 들려도 놀라지 않아. 컴에서는 말들이 마구 자라니까. 도도, 도도도, 그뿐이야. 알약을 삼켜야겠어. 전화기로 공기에 구멍을 내든지. 티브이에다가 주인을 찾지 못한 말들을 흘려보내면 돼. 그뿐이야, 도도, 도도도

* 가수 '자두'.

송혜희를 찾습니다

어눌하고 갈씬갈씬한 말은 연두로 접힌다. 게저분한 꿈으로 실종된 송혜희가 회색지대에서 웃고 있다. 흐미, 께름칙해. 들여다보니 연분홍의 송혜교다. 파운데이션으로 변장한 얼굴이 티브이 화면에서 그림자놀이를 한다. 낡은 현수막의 바랜 글씨가 가지를 치고, 넝쿨을 뻗는 초록 목소리. 평택에서 서울로 기울어지는 아버지의 어깨가 겹다. 희와 교, 누구의 발자국에서 오늘의 색깔을 찾아야 하나. 편의점 점심은 맛있겠지. 창문에 깨진 입맞춤이 날카롭다. 색 있는 과일을 무서워하는 철학자의 말은 회색이었다지. 남의 이야기 속에서 울고 있는 시인의 꿈은 노리끼리하고, 서쪽 하늘이 구름 색으로 출렁인다. 희, 푸른 입술로 하얀 달을 베어 문다. 보라색 숨이 검은 숲을 토하는 오늘은 외벽에 낙서하기 좋은 날

헤드라이트

잠이 오면 안티푸라민해야 해.

푸른 안개 속을 가로지르는 사람이 있다. 개의 닫힌 얼굴이다. 옷이 투덜투덜, 부풀어 오르고 헛기침이 까만 건반 위를 구른다.

누군가 지렛대로 지구를 들어 올리고 있는 것인가

거들먹거리는 불빛이 씽, 어둑신한 푸른 그림자가 헐레, 벌떡 차도로 뛰어든다. 까마귀 정장을 입은 나무가 안개를 헤치고, 불빛에 날개를 적신 하얀 나비 떼가 쏟아진다.

내 안에 선인장 한 분을 키운 적이 있지

눈이 저며지는 듯 입이 종이를 구기는 듯 뭉근한 속삭임, 찰그랑 푸시 찰그랑 푸시

주인을 잃어버린 인형이 털썩, 주저앉은 것인가

죽은 눈빛들이 얽혀 있는 숲길, 어스레 위로 적막을 설치하는 사람들의 들숨과 날숨 사이를 산책하는 낯선 발자국 소리

분 신 사 바 분 신 사 바 톡 톡 톡

하양

흰색 꿈을 꾸지

아무것도 없는 데서 아무개도 없이 발자국도 찍히지 않는
산책로에서

아무렴 어때

담보가 있으면 색이 엎질러져
아무런 느낌 없도록 속을 비워내지

서보 서보, 천천히 걸어봐
(박서보의 그림 속으로 들어가면 빠져나오기 힘들어요)

지금 여기
잠 없는 길에서 중얼중얼 하얗게 질려

발작을 일으키는 검은 동자가
희뜩희뜩 히뜩히뜩

눈으로도 만지면 안 돼
네가 있어 내가 있는 거야

너는 아무 데에나 있고 아무 데에도 없는
게릴라로 살아가지

언뜻, 날아오른 흰 나비 한 마리
한밤의 총성이다

롱 테이크로 찍어주세요

입 다문 장면 속 가마우지가 무단 횡단하는 찻길, 건너편은
아득히 멀고(늦은 오후가 적당하겠다.) 물조차 보이지 않는
다. 먼 데서 웅웅거리는 목소리들

까마귀 떼라 해두죠. 헬리콥터라 해도 무방하구요. 무반
주 클랙슨이 쏟아지고 소실점으로 무수히, 저기, 저, 농구공
이 튀고 마른하늘에 빗방울이 피는 게 좋겠죠.

한 여인이 뛰어내렸어요. 수류탄이 터졌나. 캥거루가 뛰
어들면 어때요. 빛이 깨지는 소리라고 해도

칵테일 잔이 부딪치면 어떤 소리가 나죠. 언제쯤 결말로
접어드나요. 아직 조명이 꺼지지 않았어요. 비상구를 거들떠
보는 이는 아무도 없는데요.

엘리베이터는육면체진통제는리도리도카인피카소는
발이커웃음을반으로쪼개면무슨소리가나게

소름의 적막 속 가마우지가 두리번두리번 뒤뚱뒤뚱, 주름
진 얼굴 클로즈업, 순간 스피커가 툭, 누가 저 물건 좀 치워줘
요.

엘리베이터

그냥 엿 같아. 거기 비 온다고. 그냥 엿 같애. 발바닥 통증이 또 올라오네. 젠장, 이십팔 층이야.

띵똥, 개 짖는 소리가 들린다. 멀리서 가까이서

조커 영화 볼 틈이 어딨냐. 내가 조커다. 철가방을 들고 어둠 속을 달리고 있잖아.(왜 갑자기 똥이 마렵지.)

수진이 엄마, 글쎄 팔팔부동산 거래 끊어. 너무 낮춰 부른다잖아. 모두들 눈이 휠휠 날아다니는데 말야.

우산은 왜 들고 다니냐. 비행접시도 아니고, 이것도 관두려고. 손장난이나 치지 뭐. 부산은 물 좋냐.

몇 번 채널이라고. 그거 나도 봤어. 그런 남자하고 누가 사냐. 바보지. 애 섬 잘 봤어.

띵똥, 배달왔습니다.(아씨, 똥 마려!) 아씨, 짜장면 돼요.

아니. 짜파게티는요.(아, 씨!)

　입을 찢어볼까. 빨갛게 그려볼까. 빨간 자장면을 위하여
달려볼까.

　먼 데서 개가 짖는다. 지하 일층으로 꽂히는 고속승강기,
띵, 똥, 지 금 시 켜 도 돼 요. 삼십 층인데요.(아, 아 씨,
똥똥, 마, 려!)

나는 다단계 판매원이다

나는 쓴다. 폴린 보티의 웅숭깊은 엉덩이에 쓴다.

애벌레는 하얀 거품을 덮어쓰고 투명하게 꿈틀거리지.

나는 도브 비누를 쓴다. 동그랗게 날아오르는 비눗방울들. 처끈처끈한 눈이 물끄러미 떠다니고 물의 메아리가 안개를 쓴다.

너는 라깡을 쓴다고 했지. 난 술이 깨지 않아 나가르주나인지 나가주, 나주인지 헷갈려 소주잔에 새우깡을 빠뜨렸지.

골디록스는 곰 세 마리의 욕조 안에서 거품 목욕을 했지. 태양이 유리창을 깨뜨릴 때 멀리서 어흐어흐, 애애, 공기가 쓸렸지.

시는 쓴 입술입니다. 애젖한 빨강이 달아오른 곽인식의 유리로 쓴 말들

나는 깊이 쓴다. 유리창이 얼비치게 투명한 비누를 쓴다.

.

나와 알약과 시와

머릿속에서 울려대는 난타. 누군가 싸대기를 '열심히' 쳐대는 것이다. 장식장 토끼일까 한쪽 손이 떨어져 나간 인형의 짓일까. 옷 가게에서 도망친 마네킹일지도…….

알약들이 장난질을 치죠. 너는 말이야, 그러게 말인즉슨, 할 말은 많지만 입술에서 맴돌 뿐 쳇 – 칫 – 측거리며 툭, 튀어나오지 않느냐 말이에요.

말이란 어, 다르고 아, 다르지만 귓구멍이 어떤 방향으로 뚫렸느냐에 달려 있어요.

귓구멍도 사상이 있나요?

그럼 입술이라고 먹는 데에만 쓰나요?

멜랑콜리커들은 나르시시즘에 빠진다죠.

시인 말인가요?

알약을 말하는 거예요.

요즘 애들도 마약을 한다던데…….

그럼 장식장 토끼가 손장난을 못 치게 하려면 무엇을 쥐어줘야 할까요?

사춘기도 아니고, 다 큰 녀석들이 참!

물약하고 알약하고 어떤 게 더 효과가 있나요?

눈이 충혈됐네요. 티브이를 너무 많이 보지 마세요.

스마트폰은 '범죄도시'에요. 잘, 잘못하면…….

심각한 말을 너무 많이 하지 마세요. 압색 당하는 수가 있어요.

요즘 불면증이 심한데, 내 잠 속 좀 뒤져봐 주면 안 될까요. 바퀴벌레들이 내 꿈을 짓고 있나 봐요.

어제는 의사가 배에다 청진기를 댔는데, 꾸룩꾸룩 뱃속에다 누군가 토하는 것 같았어요. 그래서 수술 날짜를 잡자는 거예요.

시인들은 머리에서 매미가 악쓰는 소리가 들린다던데…….

어느 날 아침엔 하얬는데, 점심때는 짙은 갈색이었다가 노란색으로 바뀌지요.

그 나라에는 아직도 사계절이 있나 봐요.

이상한 괴물들이 하도 설쳐대니 계절이라고 남아나겠어요.

시인들처럼 자위행위를 너무 많이 하지 마요.

목소리를 낮춰요. 잡혀가요. 몰매를 맞을 수도 있어요.

헛소리를 하면 되요.

뱃속에 시가 가득한 게 맞네. 배는 안 고프시겠어.

반말하지 마요.

오늘 약은 챙겼나요?

무슨 색으로 할까요?

맞네! 맞아.

싸대기 말인가요. 아직도 밤마다 맞고 있어요. 욕 나와요.

콜록, 콜록, 콜콜 골골골……

검은 마술에 씌었구만. 그 병에 걸리면 약도 없다는
데…….

이놈의 '범죄도시' 때문에 밤인지 낮인지 분간이 안 돼요.

그래도 어떻게든 살아남아야 해요.

ⓒ 전기철, 2023

박쥐

초판 1쇄 발행 2023년 10월 10일

지은이 전기철
펴낸이 조기조

펴낸곳 도서출판 b
등   록 2003년 2월 24일 (제2006-000054호)
주   소 08772 서울시 관악구 난곡로 288 남진빌딩 302호
전   화 02-6293-7070(대) 팩시밀리 02-6293-8080
누리집 b-book.co.kr 전자우편 bbooks@naver.com

ISBN 979-11-92986-11-1 03810
값_12,000원

* 이 책 내용의 일부 또는 전부를 재사용하려면 저작권자와
  도서출판 b 양측의 동의를 얻어야 합니다.
* 잘못된 책은 구입한 곳에서 교환해드립니다.